身体里的豹子

马青虹◎著

四川文艺出版社

图书在版编目（CIP）数据

身体里的豹子 / 马青虹著 . — 成都 : 四川文艺出版社，2020.11

ISBN 978-7-5411-5824-7

Ⅰ . ①身… Ⅱ . ①马… Ⅲ . ①诗集 – 中国 – 当代 Ⅳ . ① I227

中国版本图书馆 CIP 数据核字（2020）第 194293 号

巴金文学院签约作家书系

SHENTILIDEBAOZI

身体里的豹子

马青虹 著

出品人 张庆宁
责任编辑 朱 兰 蔡 曦
特约编辑 李育樵
封面设计 严春燕
内文设计 史小燕
责任校对 段 敏
责任印制 崔 娜

出版发行 四川文艺出版社（成都市槐树街 2 号）
网 址 www.scwys.com
电 话 028-86259287（发行部） 028-86259303（编辑部）
传 真 028-86259306

邮购地址 成都市槐树街 2 号四川文艺出版社邮购部 610031
排 版 四川胜翔数码印务设计有限公司
印 刷 四川五洲彩印有限责任公司
成品尺寸 145mm × 210mm 开 本 32 开
印 张 4.5 字 数 90 千
版 次 2020 年 11 月第一版 印 次 2020 年 11 月第一次印刷
书 号 ISBN 978-7-5411-5824-7
定 价 38.00 元

身体里的豹子

目录

第一辑：秋天的酒庄

回形针 3
801末班车 4
一株梅花的幻想 5
身体里的豹子 7
你的名字 8
秋天的鸟 9
雨水丰沛的季节 10
外公的鸽子 11
信仰需要化妆品来修补 12
沿着夜色往深处去 13
悲伤不期而至 15
做一个骑士 16
耐苦的石头 18
沉默的卡夫卡 20
比庞德更牛 21
夜不能寐 22
身体是一个与我有关的果园 23
孤独是我伸向天空的另一只手 24

25 …… 我是一颗不知道怎样安放的太阳
26 …… 从纸堆里翻出去年的春天

第二辑：风中的驼铃

29 …… 西出阳关
30 …… 在观雾山
31 …… 漓　江
32 …… 白沙街96号
33 …… 在华凤镇
34 …… 在地铁车站
35 …… 云盘北路
36 …… 在望江公园
37 …… 北方有佳人
38 …… 阳关，蒙着面纱的敌人
39 …… 祁连，遇见一匹黑马
41 …… 鸣沙山，苦涩的金色沙丘
43 …… 王冠，被打磨的愿望
45 …… 月牙泉，风中的驼铃
46 …… 七曲山的一棵古柏
47 …… 凌晨五点的香榭里
48 …… 在K166的车厢衔接处

第三辑：雨夜的站台

冷暖自知 51
洗衣台上数星星 52
童　年 54
一个人修补村庄 55
惊　长 56
涪江溯源 58
巴山夜雨 59
上午的阳光 61
东　桥 62
城市与猫 63
而寂寞多么辽阔 65
父亲的病 66
木质相框 67
寂静的车站 68
应该给旧事刻碑 70
秋千上的春天 71
暴　雨 72
夜的旋律 74
无人之地（或高速公路） 75
被夜色撞击的盆地 76

第四辑：幻想与兽爪

79 ...... 夜　曲
80 ...... 白色梦境
81 ...... 失眠侧记
82 ...... 枣红马
88 ...... 回　响
89 ...... 行路难
91 ...... 隐秘的音节
92 ...... 嘘，禁止想象
94 ...... 失眠地和他的情人
95 ...... 想你的夜
96 ...... 笼子里的凡·高
97 ...... 被百叶窗剪断的叹息
99 ...... 南方的夜
101 ...... 第二个周末
103 ...... 在书香咖啡馆
104 ...... 被网在铁栅栏中的夜
105 ...... 灯光是风许在皂角树上的愿望
106 ...... 你虚弱的身体里有夏夜的虫鸣

第五辑：樱花与星辰的回响

樱花帖 109
独处的鸽子 112
在柔软中被击倒 114
一月五日清晨 115
初雪十四行 117
野马行纪 118
单人旁 120
草食动物 121
过去的都是过不去的 122
春天的可能 123
乌托邦之恋 125
有关春天的某事 126
春天来了 127
散开的星辰 128
普里什文之美 129
背影在月光下怀孕 130
空气正变得潮湿 131
风的形状是一棵大树 132
公元208年经过赤壁的一滴水 133
夏雨和想你不是一回事 134

第一辑：秋天的酒庄

回形针

普贤顶清瘦的山崖下
苍茫的深处有隐秘的洞穴
我在无数次钟声的回响中
用食指将手中燃烧着的烟蒂弹出
从另一个方向，聆听带着松香的雪末
大雾，迷失的声音在我的内部堆积
一根枯草或一个人留下的破损痕迹
都要花上一生的时间来修补
而在此刻，一滴泪水里看到的面庞
淡漠的瞳孔里，春天遗失的水分
被收藏和投资。一条精品旅游线路
一生走出的轨迹是一颗回形针

——原载《诗刊》2018年9期下半月

801末班车

被深夜的路灯探知
不可能的光辉
将一首上世纪的歌曲碾碎
你与自己的碰撞——游弋的鱼群
钟情于危险而美丽的事物
比如：枫树的胡须被秋风撩拨
火焰中蝴蝶的黑色梦境
上帝的法掌冰凉地贴着少女的长发
灯光中的野马横穿逻辑
遇见一个三角形的人

——原载《诗刊》2018年9期下半月

一株梅花的幻想

梅花的孤独穿过生死抵达于我
我在穿过这片山林时
穿过了时间　穿过了爱情
我多么渴望　从此退着走
能在瞳孔里重新升起柴火
能再次将铸造温习
在坚硬的生活里将骨头铸成合金
把爱情存进幼小的梅树
便可以避免被惦记和偷换
可事实是他们偷换了颜色
偷换是把梅花当作了梅花
并引以为荣
大喊：太阳（或历史）
殷红就从梅花的内部流出
大喊：月亮（或爱情）
雪白就从女人的头发渗透
美人迟暮，迟暮的是关于爱的

幻想　我幻想爱情　幻想重塑

我把烟蒂熟练地弹出又低头前行

——原载《民族文学》2017年10期

身体里的豹子

数那些闪耀的斑点
五颜六色的灯光
柔顺的毛发
用牙齿撕咬自己和性
直到骨头生锈　身体
如断电的城市
克制往往是最恰当的阐述
你在调动神经元
将铺满灰尘的事件取出
将关押豹子的牢门打开时
用暗劲将豹头死死按住
只将冰山最锐利的一角托出
然后喝茶　不停地把玩
手指和衣角　像门口那个
趁着夜色盗取铃铛的人

——原载《民族文学》2017年10期

你的名字

你身份证上的名字
你被乡亲喊出的乳名
你白日所忙碌的一切
均与他人别无二致
只有　在夜里
你才有了一个独特的姓氏
无数个达旦通宵
你将神经紧紧地绷在
月亮　你的另一颗心脏上
等待一个匿名者
将一条河流全程的恨意
以及少女怀春的心思
挽成满弓向你射出
由此才得你名字的下半部分

——原载《民族文学》2017年10期

秋天的鸟

所有的鸟都死在同一天
如果死亡意味着结束
那么秋天的风会绕过陌生的故乡
飞鸟会射中脱下尖刺的太阳
一个人多次闯入诗歌
一个人多次在深涧颤抖
一个人多次在稻草里沉默
我不言语也不作为
长翅膀的人类在河边洗手
长翅膀的人在我的心里钓鱼
那都是不可能的
正如枯老的树桠不可能抓住雪花
由死亡凝聚，在词汇里凝结的悲伤
秋天的鸟在秋天发育
秋天的鸟在秋天死亡
秋天的鸟在夜里互相梦见

——原载《诗歌月刊》2018年12期

雨水丰沛的季节

我正在脱下一件件棉衣
如同我正向你蜕去面具
我清瘦的月光
和头顶银闪闪的星辰
以及自我构建的独立世界
都在向着嘉陵江
向着你的名字倾斜
安昌河平静而悲伤
你姓春天
带来丰沛的雨水
把我的生命重新组合
平静的安昌河有了
孩童般的心跳

——原载《西部》2019年2期

外公的鸽子

雨水毫无征兆地降临的时候
我正坐在屋檐下的长凳上
木质的凳面和平武的人互相磨损
喜欢养鸽的外公就是最好的例证
板凳已经变得单薄，而他也愈加消瘦
成天坐在门口望着猪圈旁边的鸽子笼
照料着十几只掉队的鸽子
他用几根木棍和工地捡来的铁网
围成一个隐秘的房间
他死去的儿子住在里面
活着的两个女儿和一个儿子也在里面
今天，我从绵阳回到这里
外公看见我时
起身抓着我的那一刻
我也变成了一只鸽子

信仰需要化妆品来修补

城郊的富乐山顶　黑云的凝视下
人早已被欲望洞穿成一张张漏筛
漏筛们在更大的漏筛里拥挤着
他们被自己装进铁盒子如封存一块废石
年久失修的信仰需要昂贵的化妆品来修补
秋天晴朗干燥的天气让我感到慌乱
我在一场大雨里看见一双少女的手
少女在河边捡起一片树叶她的腹部就开始悸动
脑袋嘎吱嘎吱的发出要生吃河水的信号
我张开嘴巴向着阴郁的天空伸长了脖子
关于欲望的索求和对于纯洁的渴望
都带着麦子的重量，麦子的重量是一个错误
不待倾诉，如注的雨水就毫不讲理的漫过鼻梁

——原载《江南诗》2017年1期

沿着夜色往深处去

在一家上世纪的旅店里
看见雪白一米宽的两张床
和萧红的命运，质地坚硬
我到现在也没弄明白
那些窗户为什么要向上
由内而外的坍塌，决堤的命运
从一张被子到另一张被子
分明是肉体的塌陷
夜色以外的目光，虎视眈眈
黑白电视机，用过的二号电池
残损的蒲扇，遗留的烟味
哪一个不是态度坚决，不容置疑
越是坚硬就越要往深处走
越是残损就越要往残损处去
沿着夜色走入某诗会酒店
空调，热水器，电脑，保险箱
宽大而柔软的床上

一个诗人正用他写诗的笔

挑逗着身边赤裸的文艺女青年

——原载《江南诗》2017年1期

悲伤不期而至

人走阳关道
水过独木桥
羊群还在守候牧羊人
河边的风很轻
走在岸边的人很轻
静悄悄地到来又离去
而我依旧等待着一只
啄食我的飞鹰
我把悲伤藏进鱼腹
顺着秋水的温度走向冬季
在银闪闪的雪山脚下
埋下我的207块骨头
等待过路的吉卜赛人　把我
流通到遥远而宁谧的马孔多

——原载《江南诗》2017年1期

做一个骑士

做一个骑士，骑马射箭
向着无人之地高喊前进
在马背上舞文弄墨
去远方偶遇一个弱势者
解救她再拒绝她的以身相许
然后把自己装进酒壶，隐身而去

做一个骑士，以血为墨
劝诫路上遇见的荒芜都湮灭成空白
再画出清明上河， 蓝天碧水
远方有风，远方有沙。风沙成暴
让戴上口罩的马匹把他自己送回到远方去
更远的地方已经更加荒凉
做一个骑士，送上心爱的酒壶
让荒凉的人类得以繁衍

做一个骑士，前世的后羿

把自己做成箭杆

射向永恒炽热的太阳

做一个骑士，带上一颗寒石

趁着朦胧出发

2016年11月

耐苦的石头

我在临行前
把一颗石头放下

我的目光不止一次抚摸那长发
在岁月漂白她的青丝之前
把一颗耐苦的石头放下

我的眼睛舔过她的鞋子
在流星消逝大地痛哭之前
放下最后一颗石头

故乡那些可以生吃的河水
喂不饱你的美丽年岁
——我这样想
于是我在高高的山崖上
放下一颗耐苦的石头

大雾弥漫，不可测量
它们是疼痛、是刀、是剑
是时光断裂的前奏

高高的山崖上
四周是不可测量的疼痛
无人可见，无人可见
耐苦的石头，无人可见

沉默的卡夫卡

风要流氓的行为已无证可查
甚至我不知道它到底
是什么性别，什么时候
以什么样一种姿势亲吻了
我爱且憎恶着的那些事物
又带着什么样的笑声扬长而去
作为审判者（或者裁判员）——天（或者天空、虚无）
仍旧不停地往伤口上洒水
夜雨怀里揣着的秘密
无可奉告　伤口溃烂
它们使我痛极又痒

2016年春于平武县平通梅林

比庞德更牛

一个发烫的影子在我的身上反复地烙着
一只鸟明明白白地凸显在毁灭之中
形状是一支牙刷和一条毛巾
它们都是抽象派的大师
我完全可以认为它们比庞德更伟大更牛
我推开窗子大喊：春天（或者春天的存储地）
我的眼睛就申请了眼泪
它们先斩后奏　它们知书达理
我脱下衣裤大喊：粮食（或者土豆）
我的爱情就走出了历史
它们知难而退　它们举步维艰
我掀开被子大喊：幸福（或者香草园）
我的脚掌就在两座城市间摩擦
它们进退维谷
而我就在一道电流间如鱼得水地爱着
我如此贫穷而富有感染力

——原载《民族文学》2017年10期

夜不能寐

我的过去和我仿佛一根哑弦
后来，琴弦断了
我的身体是其中半截
和另一半各自蜷缩在部分的命中
卡着不肯动弹
夜不能寐　夜不能寐
或许时间真能把某些人和事
像灰尘一样从我这断掉的弦上弹开呢

身体是一个与我有关的果园

花——和果实

在这里，男人很神秘

女人也很神秘

乖巧的手掌不适合他们

大脑则可能会更自由

与其他器官相比

我则会显得普通和庸俗

我只是一双生满老茧的脚掌

只是我自己的肉体的梦

抵达，从一个瞬间到另一个瞬间

——原载《西部》2019年2期

孤独是我伸向天空的另一只手

孤独是我伸向天空的另一只手
一个致力于挣脱的器官
草木向上的秘密所在
路过花圈和石碑
突然间的细微声响会击穿本质
石头的生长。一个俊俏的向度
沿着梓江的河面走
沿着那些明明白白的鲜花走
沿着世俗的谬误走
我走成一轮新月
在喧闹中消隐，又在沉默中显露

——原载《西部》2019年2期

我是一颗不知道怎样安放的太阳

喝酒，写诗。一如既往的生活
伏在阳台上，我是一个巨大的叹号
不知道怎样安放
也不清楚时间会怎样
捉弄一个被风干的人
我经过你的脚印
也数过你故乡房屋和树丫
唯一没数清楚的是你的念想
光从南方来，我往北方去
不习惯于被曝晒在月光下
星星也不行，除了
你爱时抚摸我的目光

——原载《江南诗》2017年1期

从纸堆里翻出去年的春天

大银蕨晃动的影子和诗集交织在一起
阳光不多不少
刚好可以在诗歌里看见一串串婚纱
在嘉陵江边刻着“爱情从未到此”的字迹
谁的身体住着缪斯
我无数次这样询问
我被自己遮住眼睛
今日的江水横流着幸福
而我在一片叶子的背面消匿
抱着《西华诗选》
在嘉陵江畔变成缪斯的影子
影子在我们之内
慢慢地长出牙齿、骨骼和灵魂
我面前走过的四个女人和狗
另一个我——被小男孩网住的大把水草
想到未来便挣扎成一团

——原载《星星》2017年7期

第二辑：风中的驼铃

西出阳关

终于，我从菩萨的法掌中逃脱
被外来者混淆，从此来历不明
我的头发愈来愈长，冬种春收
而这次，已经到了夏天
我却仅仅收取了部分
剩下的都还在旧的情绪中疯长
我没有读卡夫卡也没听钢琴曲
合欢树说：风　故乡
我坐在窗台上一言不发
向着西北方向抬了抬头
呃……刚到此处时买的
年历 已经发黄，该换了

2017年8月

在观雾山

——给L

我们需要相当一段时间来证明
雪的构造并重新定义
虔诚的音节在昏暗而清冷的
枯木般的身体内
发表久远的声明
我们从狭窄的山谷出发
从终点处坍塌的一切出发
往回走，一棵冒着嫩芽的箭竹
笔直地穿插进两个人的一生

——原载《诗刊》2018年9期下半月

漓　江

我无法在夜色中翻阅你
孤独从你的体内生出嫩芽
你喊哑了嗓子
却没有人在江的对岸呼应
山与水的灵秀是你的躯体
我将它们划拨成两部分
独处的青石与天气的嬗变
竹筏难以为继的漂泊
给我以最深切的安慰

白沙街96号

来到白沙街已经八十六天
每天都要路过通往疼痛的岔路口
每天都要路过清真寺、龙尾街、茅坝街
浓郁的生活丝毫不见悲伤
但我们都知道
安昌河的上游有无数喑哑的琴声
兴许它太过久远
又或许它太过沉重
在尚未抵达之前便已沉落江底
只有少数影子湿漉漉爬出来
稀稀拉拉地洒在街上

——原载《诗潮》2019年7期

在华凤镇

深夜的华凤镇并不凄清
我听到窗外烤鱼店的酒瓶倒了
满桌子居然没有一个人扶得起来
没来由的情绪让我觉得他们都倒了
他们就如同那些酒瓶，空了，倒了
没有人扶得起，往深了说
夜晚本身就是一个倒下的空酒瓶
一两股凉风在街上来回游荡
三五声吆喝很快便倒伏在酒桌上

——原载《诗歌月刊》2018年12期

在地铁车站

保质期内的花瓣湿漉漉地挤在枝头
比一个沿街捡取信仰的乐手更可爱
拥抱的姿势是站台口冲向天空的一团白雾
北方的第三十七个夜晚
也许我是雾霾的元凶
也许并没有那么想念回锅肉
当我再次坐在窗前面对枯木
沉默使一块石头感到膨胀
夜色在它的肋下抽芽 疯狂地生长

2017年1月于北京地铁车站

云盘北路

影子、杂草，走到一半便丢失的银杏树
三天前开始敲击的低重节奏
将我的身体变得混乱
你的头顶与瀑布撞出的白色花朵
隐匿于金色沙丘上的遗迹
所有从影子当中走出的人都在寻找
同影子区别开来的方法
而此刻，我，水草丰茂
在开阔的平原中被自己遮住了眼睛
不明不白的丢失使我感到愉悦
逻辑清晰的则让我心生怀疑和恐惧
质疑本身是一个不幸的人
从头开始，脚步放慢，尽可能减少噪音
将呼吸当成那件肮脏而神秘的事情
减少频率，把一切调至八分之一的慢放
直到泪水开始在秋天的脖子上凝结

——原载《诗刊》2018年9期下半月

在望江公园

苦涩的一切如笋壳般
剥落
无来由的波纹
一缕光
或冷藏过的风
对我们来说都是巨大的
悬在秋天的枯叶
城市的灯光
彻夜彻夜的失眠
截断江水中横流的肉体意志
也截断我们轻薄的快慰
我或吐露心事的鱼
间歇性地原谅　沉默
身体里结着蛛网

——原载《诗潮》2019年7期

北方有佳人

异乡人，盘坐你内心的人是谁

她如此圣洁而清澈如水

在这个萧瑟的隆冬

小心翼翼 将一片枯叶捡起

春天就从四面八方涌来

——原载《诗刊》2018年9期下半月

阳关，蒙着面纱的敌人

我所预见的，鹰的飞行
铜箭头在风中的声响
石头上的汉代碑文
残缺的关隘和通关文牒
都被厚厚的玻璃栅栏收押
我所怀念的，河边食草的人
柳树枝在水里的波纹
院子里的明日黄花
丢失的银杏和嫁接的樱花
都在沉沉的雾霭中迷失
我所看见的
野兽般在身边潜伏着
持着巨大的黑色镰刀
随时准备收割我的
蒙着面纱的敌人
正在镜子中露出满意的笑容

——原载《草堂》2018年9期

祁连，遇见一匹黑马

风撕磨岩石的声响
从遥远的岗什卡雪峰传来
带着牛羊的繁衍和
一匹黑马的嘶鸣
我在祁连大草原的风中
捡起一颗露珠抛向天空
内心神秘而柔软的
在盆地中塌陷的
都开始隆升
现在，你的心思一望无垠
索玛将花瓣旋转如四季轮替
你用手指缓慢地叩击着大地
脚下是无域的丢失
遗落在草甸上的黑斑
莽莽苍苍，多少年了
连声音也长出了胡须
斜跨在土丘上的石碑将我温热

我裸露的身体迅速冷却并硬化
一只鸟将碑文拓印在翎羽上
一万只鸟的骨头中
残留着“一”的写法

——原载《诗歌月刊》2018年12期

鸣沙山，苦涩的金色沙丘

远处那些嘈杂的声音一直
想要穿过我脚下的沙粒抵达于我
并将我囊括进他们的口袋
从此变成一口被掏空的水井
这金色的沙丘，王朝更迭的遗迹
在夜色中见证火焰
也见证我此刻守着星辰的孤独
五颜六色的方言用一堆篝火
将这座古老而苍凉的城市圈起来
牢牢地固定在山腰的铁丝网
将我同远处的犬吠隔离
与摩托车发动机的轰鸣隔离
与少女橘色的鼾声隔离
这苦涩的沙丘，这金色的沙丘
这红够了又绿了的灯光
把一只骆驼的脚印映照
在西风的和声中把我

从布满积云的盆地抽离

和这尚未冷却的大漠融为一体

——原载《西部》2019年2期

王冠，被打磨的愿望

我把烟蒂埋进沙丘的同时
也尝试着把内心的隐秘一同掩埋
我轻声地问候这些被时间磨灭的巨石
问候我身体里快慰的原初
一些沙粒——粉末状的——又
试图勒细声线刨出一些带刺的事物
我抓起一把星光朝着盆地抛洒
需要它们抵达一片樱花的残骸
它们却在脱离我手指的瞬间回归
紧紧地附着在我纤弱的神经上
一个人要走到荒凉的中心
才能看到内心的真实
一个人要看到沙丘的内核
才能听见另一个你在龙椅上发声
我头顶的王冠，我银闪闪的
被星光抚慰的愿望
需要被风沙打磨、抛光

并在另一个灵魂中得到印证

才能重新长出丰美的水草

——原载《西部》2019年2期

月牙泉，风中的驼铃

一粒沙隔着你和这些燃烧后的灰烬
一粒沙隔着一顶帐篷发出长久的呻吟
这巨大痛苦燃烧过后的愉悦
阵痛般从落日的方向吹来
一只驼铃被擦拭得发亮
我在一声清脆的声响中出发
沿着杏红的落日
沿着李白的酒壶
在另一壶酒水的搅动中抵达现在
当我立身在这些供人驱使的沙舟前
一只骆驼毫无征兆地跪下
膝盖着地的那一声沉闷
隔着防沙巾和半框墨镜
铮亮的驼铃声如同一记重拳
将我手中摄像机的镜头撼动
我再也没能对准过焦距

——原载《西部》2019年2期

七曲山的一棵古柏

总是重复着一个梦境
一截斑驳的手臂从历史的背面伸出
在穿过雾气中的一滴水珠后抵达于我
我思维的零件正被它悄然整拾
一只浑身火焰的巨鸟开始鸣叫
洞经的音符
将我托至七曲山头顶
这棵古柏累积千年的孤独
只在触及我的脸颊时才汹涌如溃堤之水
王朝的更迭是它血脉的褶皱
是一个老者将手指弯曲的幅度
我将额头递给古柏巴掌般的树叶
仿佛置身于无尽
在它刹那的悲喜之中

——原载《飞天》2019年11期

凌晨五点的香榭里

除了稀疏的只顾低头滑动的铁盒
整座城似乎只剩我和我的影子们
他们或沉默地蹲在闪光灯招牌下
或将身体扭动成超市门口的老槐树
或望着天上即将隐没的半轮月亮
在陈旧的巷子里扎堆
相互讨价还价指手画脚
又沉默地相拥
连日来的疲惫、噩梦、失眠和婚姻的突然
在月亮上制造了一场人工降雨
一场突如其来的强降雨
干净的镜面上开始出现污泥
因为没有将生活搅拌得足够均匀
那些疲惫灯光的最后挣扎
我们生活式的爱情本是庸俗
却因一件更加庸俗的事情变得愈加雅致
庸俗的尽头是高雅和感动是相拥痛哭

在K166的车厢衔接处

车钩将自己抓得牢牢实实
满手的死茧磨得发亮
车钩将我与自己衔住又松开
它抠住了我的命脉
将两个同龄人与我衔接
我们年龄相仿 姿势相同
鸭舌帽身着时尚玩着手机
蹲姿最是标准
黑皮肤靠着墙看着窗外时
就不知不觉将他的眼神
遗传给了他怀里的孩子
车钩将我周遭的一切
衔住又松开
我在剧烈地晃动中成为
车钩被磨损的部分

——原载《诗潮》2019年7期

第三辑：雨夜的站台

冷暖自知

老爷子生前总觉得冷
即使他早在青年时
就开始在身体存储白酒
即使火塘里的火焰已经裹住铜壶
即便过冬的柴火已经堆齐楼堑
他总是感到寒冷
只在正午时才准人推着轮椅
到院坝里坐上一会儿
他总觉得很冷
除了他死的那个下午
儿女们都从远方赶回
伸手递给他一簇苍白的火苗

——原载《民族文学》2017年10期

洗衣台上数星星

我打算把自己运回平武
季节正好
鳅儿在土城河里繁衍生长
光腚游到对岸伐竹
构建成最简单的逻辑
生活从来不是三角形
河水以收获为诱饵
在岸边垂钓
钓鱼人上钩
二娃、三娃盖上被子
准备梦游到城里去
四娃、五娃背着背篓
在夜最深的时候消失在老林边
六娃、七娃娶了娇妻
在昨天生下了两把锄头
老八老九还在山顶
吮吸九龙山的乳液

老十把一把斧子扔进檐沟
然后坐在伏龙观里安静了下来
我在青石板的洗衣台上唱歌
把增高鞋和平底拖鞋扔在路上
让它们也感受一下自在
感受一下深山里的孤独和星光
我有满天星星
你猜哪一颗最像生活

——原载《西部》2019年2期

童 年

我有最昏暗的灯光和最幸福的诗句
我有最狭小的屋子和最可爱的竹林
有爷爷从供销社背回的已经化成水的冰糕
有煤油灯下堂屋里堆成小山的玉米
有很多足以让我从睡梦中笑醒的美丽
诸如早晨的清白，空气中的甜味
以及母亲的青春

——原载《诗潮》2019年7期

一个人修补村庄

你站在高高的田埂上窥视
一朵花的秘密
虫鸣或者被秋意撩拨的枫香树
收割以后热闹得荒凉的玉米地
都通往你内心那道隐秘的伤口
夜色在路过纸张时显现出原油的质感
冷——这个通体金黄的村庄唯一的代名词
身体在风中的寒颤完成最原始的祭奠
所有人都在祭坛的基石上隐匿而去
一心向外的削尖的脑袋将村庄做成漏筛
想方设法变成被筛掉的和遗忘的
是他们的原初，从一幢百年老屋开始
一个人站在老屋的旧址上将身体尽量张开
一个人要以自己的身体修补整个村庄

——原载《诗潮》2019年7期

惊　长

青春期，同伴们都在夜里飞翔
长出一对对拉风的翅膀
在这样有趣的体验下迅速长高
而我从没做过这样的梦
我的成长，无疑都是
在恐惧和求生下　被迫的
被声音如父亲一样的利爪猛兽
或者一群带着诡异情绪的幽魅
追至童年随母亲打铁矿的山崖边
然后毅然决然地跳下去
在这样反复的练习中
我对跳崖这件事轻车熟路
后来的梦里我不再迟疑
遇崖便跳　那时我真的害怕
哪天我会混淆梦境
直到昨天，我才第一次
梦见自己长出翅膀

却被一人嘴里的暗箭射落

丢失在晒场的婚礼中

——原载《椰城》2018年4期

涪江溯源

沿着通向往事的曲折河床
逐渐攀升的羞涩海拔
沙子重新结合成巨石
河流的一生就是人的一生
我逆流而上将一切重新经历
从生活平静的河面开始激动
在忧伤的脐带中练习奔跑
庞大的山体藏匿于河源的大雾
我清晰地听到了密林的呼吸
看见曾经被我用竹筐打捞的鱼群
某个夏天在篷布围起的家中
爬满客厅的螃蟹和石头

巴山夜雨

终于又下起雨了，忍不住地回想
一生都在巨大的雨里行走
我已经没有过多的话语
把所有的话语都交给了雨水

雨下得很大，彻夜彻夜的吞吐
道路塌方了，路基也被摧毁
人世中尚未找到新的路径可走

院子里的樱花尸体般堆积
光秃秃的枝丫让人迷恋不已
别忘了，即将得到的也正逝去

闪电来时我就躲进更深的黑色
黑得发光。青石巷
往北走一百米就是石泉南街
往南走五十米就是要溺死自己的河

终于还是下雨了，彻夜

我用科学的方法测量、算数

禹王桥下是安昌河

只是河水没有来源也没有去向

我只是害怕雨停了又该怎么办

至少还要等上十二个小时

断裂和埋藏的才能重新相连

这期间我又该如何安抚情绪

——原载《飞天》2019年11期

上午的阳光

太阳仍旧穿透古城墙
时间的灰尘在光束中
平静地飘浮
书柜上的经典
每日都不断更新着
也重复着
紧贴书脊的书签
见证着有常与无常
我时常阅读同一本书
却不常梦见同一个人
我知道当太阳照常升起
我们仍要看见
山体灵秀的身形
你模糊的轮廓
让我感到美丽而危险的晕眩

东　桥

水 沉默不语的面孔
没有重复盛开的浪花
我们破碎地沉入生活
沉浸在石头的碰撞声中
只有当意外不再来临
银质的月光才会沉渣泛起
而新的雪仍然汹涌而至

城市与猫

广场附近的柏油路
正被内心的雪一点点覆盖
这座城市除了身体里的那只猫
什么也没有。欲望过剩时
它用爪子挠遍周身
又将孤独直直地射向天空
天空漆黑　它感应到了春天
和猫一起伸手掏着
将人掏空之后，又对自己下手
一座孤零零的空坟
雨水想在芭蕉上敲打出声响
却一再地落向空处。空荡荡
夜晚。虚无在灰尘中冒芽
一阵阵雷声裹着卑怯而冰凉的
虫鸣。从鹅卵石中发出
石头上的白色巨鸟开始扇动翅膀
我开始掏身下积压的棉絮

掏皮肤下隐藏着的蚊虫叮咬

掏血管里流动的沉郁

掏我内心密集的真实的

——从不吠叫的那只狗

直到我虚构的世界开始坍塌

心脏跳动的节奏越来越清晰

一条明澈的河流在我的头脑中流淌

一群思维明确的鱼在我的骨头间休憩

——原载《西部》2019年2期

而寂寞多么辽阔

你不来

而寂寞多么辽阔

红木文镇压着的词语

让夜晚慢慢褪色

你不来

而寂寞多么辽阔

低头把衣角

沿着命运的对角线折叠

慨叹已无法为时间松绑

——原载《诗潮》2019年7期

父亲的病

年幼时
父亲的病和家里永远见底的米缸
把四口人从村庄中隔离
贫穷和父亲的病一样深入骨髓
从那时开始
火，就成了家里的第三个孩子

——原载《诗潮》2019年7期

木质相框

雨水在房檐上敲着
没有规律的节奏
我起身走向一间没有窗户的房间
墙上的灰色斑点
在镜子中找到自己
电线在门口缠了两圈后斜落在地上
我的内心开始出现枯萎发黄的迹象
马匹想停留在跃起的瞬间
保留他在质疑中苍翠欲滴的样子
但逐渐枯萎的半个自己　浅浅的
从木质相框角落露出蛛丝马迹

寂静的车站

仿佛哑子在暗夜说话
仿佛被魅影追赶而吐不出声
一张张星墙穿体而过
夜色下的绵阳只剩车轮
碾过我最脆弱那根神经的声音
疼痛如附骨之蛆
而情绪是一个诡异的出口
减速带将镜头慢慢地放大
我的经脉裂了缝
身体里有两根绳索
一根已经不可遏制地燃烧起来
想方设法地要出走
它要炸开这具躯体成为
有史以来最黑暗的洞口
一根冷冻结冰
小心翼翼地将我冷藏并缝合
牵着我的鼻子使我由一块石头

进化为习惯于意象重叠

和香味泛滥的另一块石头

——原载《西部》2019年2期

应该给旧事刻碑

这是一场蓄谋已久的分离
气温38度，蝉虫聚集
细小的电流借道金属构造
经由一台叶片残损的电扇
搅起一段还没来得及刻碑的旧事
我不知道，有些事情
是否真的可以，像一页纸一翻而过
但是啊，那闪着银光的愿望
那银闪闪的正在坠落的期许
正被高温和科技融化
被经和纬锻造成锋利的刀口
悬挂在恋人的脖子上

秋千上的春天

在裸着胳膊的河堤上
我第三次看见空荡荡的秋千
柳枝嫩绿的念想
玉兰酿出的色彩
都印证着你眼中的海洋
以及桃蕊承载的太阳碎片
春天是不合时宜的沉默
所有正在酝酿的都被你们绑架

暴　雨

夜里十一点三十分
暴雨再次冲刷出租房
我坐在桌前抽掉盒子里的最后一支烟
面前的刀具、无人认领的钥匙
和伏在窗户上的盆栽都认真地聆听着
总觉得能从雨水的碰撞声中得来神启
行云竭力运送而来的万吨大水
将久经干涸的我彻底填满
我第一次感到失眠的夜晚不再空荡
这倾倒而出的慰藉
隔着一米的距离将我补充完整
城市上空的灯光永不熄灭
城市里堆满了情人的肉体
放倒的酒瓶和成群结队的建筑
但大都无法融入它自己
除了雨水填补的快慰

雨水——骨节的摩擦声从门缝中溢出

雨棚上面一株惯于横向生长的芦荟

夜的旋律

墨滴在没有边际的水中
柔软地弥漫开
夹杂着年轻母亲异样的乳香
好一个别样的诗一般的夜
那些蛙鸟鱼虫识趣地缄口不言
龙头上的水滴断续诉说
我身下的凉席与琴键无异
每一次侧身的敲击都在幽深中散发着墨香
我蹑手蹑脚地拿出一张白纸，想盛满
却突然地害怕纸张的翻动

无人之地（或高速公路）

青蛙叫到一半便投身革命
蚂蚱的叫声穿过少年的裆部后
立即变得多情而深沉
歌谣从远而又远的夜色之门传来
你听到阵阵风声
迷路丛林的人抚着琴弦
突然钟情于那些
被锄把磨损的手掌
从此认定那些死茧
是埋葬此生的风水宝地
掌纹中间有一条
通往无人之地的高速公路

——原载《椰城》2018年4期

被夜色撞击的盆地

披着浅黑色薄纱的盆地
我坐在阳台的栏杆上
深夜被雨水冲刷的面孔在玻璃上
以一个陌生的名字幽魅般显现
婴儿的啼哭将整楼的声控灯全部唤醒
年轻母亲试图用简单的音节安慰夜色
把一切都归咎于虫鸣
或者从你身体里横穿而过的电流
谎言长久地惦记使我变得易碎
而沉默则将我从四面八方汇结
以百川归海之势凝结在夜里
一只流浪狗在合欢树下重复着抬头的动作

——原载《剑南文学》2017年3期

第四辑：幻想与兽爪

夜　曲

始终有一双眼睛
隔着这浅薄的夜色
注视着一面墙
我不知道还有多少
墙体在这双眼睛的注视中
裂开一道道伤口
每一道都有自己的性格
每一道都有独特的姓氏
我侧身在床板上滑动
谬误的累积使我
内心的伤口迟迟不肯结痂

白色梦境

碎石、梧桐，不断地余震
风令人惊异地安慰
这长久沉寂的海面凝视着我
在胸口藏着巨石或是不道德的
心里藏着镜子的人也未必快乐
所有的缝隙是一张竹筏
我不知道这张筏要怎样羞怯
才能顺风顺水地抵达荒芜
但荒芜早已抵达
将我连同风沙掀起

失眠侧记

三月的阳光朝着安昌河攀爬
耳畔不断重复的诵读声
被一扇红漆木门隔离
一个人清冽地横在风中
一只手隔山隔水地抚慰你
三月的阳光朝着大海攀爬
三月的阳光像你所有的情人一样
在你苏醒的刹那饮空酒杯
又面色红润地被灰尘覆盖

枣红马

1.

空调的声响
夹杂着细小的沙砾

2.

细腻的海浪
重复抵达于我
断续且灵巧

3.

陈旧的灯光
和那匹枣红马一样
踩踏着我的神经

4.

我蹑手蹑脚地坐到窗前
谋划着一次出走
生活之外的

5.

碎石、梧桐
不断地余震
白色的残破梦境

6.

这长久沉积的海面
凝视着我

7.

在胸中藏有巨石
或是不道德的
换作镜子却也未必快乐

8.

我不知道这张竹筏
要怎样羞怯
才能得到风的安慰
抵达彼岸

9.

耳畔不断重复的诵读声
像所有的情人一样
隔山隔水地抚慰着你

10.

我盼望着大海
在我饮空酒杯的刹那
苏醒

11.

酒后饮水

如深夜听科恩之必要

12.

将大海的褶皱拉伸
我就能在你的瞳孔里
找到家

13.

路边的青草已然结霜
我的秋天却迟迟不来

14.

当遗忘开始青睐于你
那支离破碎的月亮
就如同散开的星辰

15.

土豆和粮食的宣言

伴着那个“贫穷而富有感染力”的女孩
在星光中消匿

16.

我失去了爱情的嗅觉
你体内银色的幽香
在此刻全部抖落

17.

当树叶再次将你遮挡
我选择拉上窗帘

18.

我试图用陈旧的背包
将整个夜晚打包

19.

一支香烟

让这片海重新苏醒

黑色的

——海

20.

一个婴儿

在我的睡眠中孕育

——影子

回　响

雨水是秋天的褶皱
我站在我之外
同我的影子互相想象
模仿和替代
我们被压缩成纸张
重叠成页岩
在牛角垭隔着车床对视
我的影子才是最本真的我
活在脚底
匍匐或攀爬于墙体
过着永远低于我的生活
而我，只是替我的影子活着
清澈、神秘
身体里有发动机的轰鸣

——原载《草堂》2018年9期

行路难

万物都在持续的高温中湿漉漉
你却仍旧不能消融内心的积雪
还是要向着草木灰向着苦难
以及苦难的主人磕头
在一次次的受难和不幸中
你的琴弦早已弄断
你剑柄因着欺骗而铺满劫灰
行路难　行路难
你踏着无数人踏过的路
内心是一个巨大的洞穴
却又无法走出新的歧途
抚摸无数人拿起的钢笔
想着无数人想过的问题
满脑子的樱花和恨意堆积
却又始终不肯将头
和手乖乖地伸向铡刀

然后以一株竹子的姿态

将花开出来

2017年4月

隐秘的音节

醒着是一件很糟糕的事情
子夜，你沉郁地亮着
沿着荒芜的石阶踱步
谁。从公园出走秘密
骑着那硕大的花朵
暗紫色的情绪
有意地将一切摔破
那些收藏着我的病症的人
都是残损的音节
她们从我的侠骨里收走粮食
从一出发，骑着硕大的花朵
路过二三四五
和身着幕布的朋友相会

——原载《诗刊》2018年9期下半月

嘘，禁止想象

你从我的梦里跌落
在我梦境的出口处
不小心把脚碰流血了
樱花就从你的伤口流出
满地的花瓣就是满地的伤口
——你，来过的证据
这都无关紧要
你，千万别把嘴碰了
这东西还有剩余价值
至少你还得用它喝水
进食　说谎　说给另一个你
夜的秘密在于无可奉告
其实就算我想告诉你
我也不知道你是谁　在哪里
更不知道该从何说起
崭新的　正在凝结的露珠
崭新的正在凝结的露珠

崭新的正在凝结的　露珠

或许就是所有我想说的

2016年夏于北川

失眠地和他的情人

走路二十分钟，穿过华凤镇的桥头
酒糟的香味仍旧准确地穿过我的脖子
宿舍后面的狗依旧准时在凌晨嘶咬
彻夜不眠的清晨五点
卷帘门和鸟雀都开始新生，孤独
来自五点一分，水龙头滴出的那滴水
春天从师大路上少女们的大腿根部漏出
性的启蒙来自夜晚的后山或者学府花园
我的空酒瓶还扔在灯光球场，我的病症
都留在深夜，留在爱人的身体里
风是巨大的，一季一季地刮
一年一年地刮，走在鼓楼山我就是巨大的
我不是青虹也不是太阳

——原载《江南诗》2017年1期

想你的夜

一块布被扯开
露出一片清浅的雪
你只在深夜许身于我

我们从一辆大巴
游离到遥远的古城
期许
一块铺满玫瑰花瓣的红毯

两辆大巴从我窗前驶过
一辆沉默
另一辆也沉默

一本手写的情诗集子
遗落在牛角垭的隧道中

笼子里的凡·高

把生活看作仇敌
跳舞就是顺其自然的
狗崽练习嚎叫的时候
就把身体架成囚笼
供另一个你安居
如果疾病来个大集合
胃痛骗来月黑风高
失眠把铁链斩断
头疼把最后一道牢门偷走
就是越狱的最佳时机

——原载《剑南文学》2017年3期

被百叶窗剪断的叹息

云盘北路，月亮刚圆的时候我被自己兼并
无暇于悲悯、耕种和泥沙俱下的爱情
只在深夜的雨声里才看见苟存的影子
那颗放射出咄咄逼人的光的恒星
如今也只得在天花板上躲匿
终于，命运决堤，从窗户开始
蓝色窗帘上的椰子树
像你隔着一百多公里打出的重拳
我从日记本上开始崩塌
接着是桌子、毛巾、装衣物的纸箱
以及在身体内部偷偷藏了你的那副躯体
就连最细微的呻吟和叹息都被拒绝
在越狱的过程中被百叶窗加工成夜色
人生面对的困境就是如何才能给自己制造
一座永远不能被推翻的谎言的囚笼
我们要做的就是制造并信以为真，假戏真做

相信自己就是那个囚徒

相信囚笼就是你的命定

——原载《江南诗》2017年1期

南方的夜

寄存春天的地方或许此时也如此幽暗
粉尘、夜色、三角梅　翻来覆去的缘由
黑色马匹被遗忘　在废弃的铁轨上
你不用告诉我一个部落的由来
也不必扔给我一个苍老的湖泊
你大可以寻到一把火
把你头顶的白云燃烧
把你可爱又可怜的青春燃烧
好了伤疤忘了疼的燃烧　火烧云呐
我从一层云降落到另一层
薄如纱的云，厚如棉的云
不断积聚的云层是一个巨大的阴谋
而我找不到密谋在你头顶的那朵
我在观望的途中遭到寒流突然的鞭笞
剧烈的颠簸之后我降落在南方以南

三角梅开得正好　一把锋锐的三棱军刺

只是　只是遗憾这里也没有樱花被寄存

——原载《诗刊》2018年9期下半月

第二个周末

今夜的雷很大。风很响
趁着下雨，告诉你一个秘密
嘴巴停在半空
你耳朵往右十公分的地方
是的，你需要
需要向右十公分来倾听
否则这个秘密会被风窃取
并偷走生活酿好的上等蜜饯
趁早，趁我还没步入文明
趁我还没闲工夫理会羞耻
趁我晒着日光皮肤黝黑
趁我还有繁衍能力
否则你会成为种族灭绝的罪人
趁我还有空向你说肉麻的情话
伸出你的耳朵
探出你的身子，靠过来
骑上来也无所谓，我四蹄飞起

带你把河边的青草食完

把黑黢黢的宇宙挂在你年轻的脖子上

如果你愿意，我是说如果的话

我还可以在你的墓碑旁

刻上我的名字

如果你没有墓碑

不，不会。我就是你的墓碑

在书香咖啡馆

喝茶久了，就不可避免地
开始思考茶叶的命运
与这断掉的半截火柴一样
当爱开始时
他们便习惯于被谎言剥离
剥离枝丫，剥离根壤
刀斧加身
在欲望中，在宠爱中
在得到青睐时成为高贵
束之高阁的艺术

被网在铁栅栏中的夜

秋前急促的虫鸣
夏夜短暂的阴影　身体
短暂的如凉风的欲望
棕树叶上的灰尘
人散后石墩上残余的温热
楼道里叫不醒的声控灯
自行车摆在了新的位置
窗外的交谈声
慌张的蚊虫
隔着玻璃和艾草

灯光是风许在皂角树上的愿望

安昌河被愿望抚慰着
平静，清澈
抬眼就看得见悲伤
一条河要拐二十二个弯
才能抵达现在
一阵风要打十个旋儿
才能抵达爱情
一个人在树下站着
就成了灯光闪动的理由
一个人在一个人的视线里
就成了爱情存在的理由
一个人在薄情的世上
活成一道闪电
就成了一个　人

你虚弱的身体里有夏夜的虫鸣

对你我来说夜晚是必要的
庞大世界的碎片将我们挤压在一起
你虚弱的身体里有夏夜的虫鸣
那个不断呼喊着你姓名的人
在贫瘠的稻田里练习蛙叫
一棵树沉默地将灯光搭在肩上

第五辑：樱花与星辰的回响

樱花帖

1.

夏夜，虫鸣反复修正一片花瓣的轮廓
诗稿以及街道上那些散碎的脚步
床底的木箱中依次摆放着
海边带回的沙子和残贝、木质手串、二手月光
旧事物的影子不断叠加并紧贴手臂
我轻微地盯着这些铺满灰尘的面孔
想起你诚惶诚恐地对我讲述：火
想起樱花从你伤口流出的疼痛
想起云盘路上那些不被辨认的鸟叫
我试图把你穷尽，但总收不到尾

2.

笔直的海岸上露出一截刻满碑文的桅杆
有人在沙滩上反复吟诵被磨得发亮的诗章

我们因着那些死去但尚未腐烂的头脑结缘
我们分坐在寂静大海的两岸
我用路边桅杆拨动一只蚂蚁
另一头就有一只顺着转动
我用双手捂住耳鼻舌身意
海水就倒映出你清澈的心思
我的身体因着对岸呼来的风而发痒
藏在心中的镜子被一片片花瓣装点得模糊

3.

我走到河堤边把身上清浅的雪弹开
天空紧紧地裹着你——花蕾的形状
残布覆盖着每一个丢失了清晨的人
他们的嘴角尚有刚食过的青草的味道
你接二连三地出现并将我重新经历一次
第一天，你面带微笑将我从盆栽中取出
第二天，翻身时床板发出华凤镇清早遥远的犬吠
第三天，窗台前传来雨打芭蕉的声音

4.

夜晚，被压缩的空间

我跟着一块石板滑到水底

化作一段低婉的琴音

在那些未来得及原谅的秋天

我重复收取一封白日寄来的信件

谁从我的梦中出走

又是谁在一个废弃的工厂里

阅读我内心的书籍

风，一阵，从垭口吹来

而你，只是适时地沉默

一生都躲在共鸣箱中收拾行李

却没有一个人能在长久的昏睡中

发出与你共鸣的呓语

独处的鸽子

命里带风的人容易满足于独处
一斤白酒是两天的伙食
两首音乐是一天的干粮
夜色是一把吉他的翻来覆去
是一本诗集的睡眠
在雷雨天里锁上门窗
把钥匙从三楼的阳台上扔掉
站在楼道里像拜访故人一般
绅士地摁下门铃
直到屋里有人开门
当另一个太阳又升起的时候
我才意识到我被自己赶出门了
起身拖着一条腿 它年久失修
尽管它让我感到不适感到厌烦
我依旧拖着它来到樱花堆积的院子
此刻我只想看看我的钥匙在哪
我没心情也没空搭理那条腿

即便它主动躺进我的手心

我也没有要带上它的意思

我只想看看它在哪里 仅此而已

——原载《西部》2019年2期

在柔软中被击倒

一阵风吹过多么明媚
一朵花开多么明媚
那甘洌青梅酒下肚多么明媚
曲终，我抱着一块钢板
痛哭流涕　痛哭流涕的
是两个通宿的翻来覆去
你是我明媚的理由
也是我将一株梅花泡进酒杯的缘由
我和你擦肩而过多么明媚
我们寄存的樱花多么明媚
我在博尔赫斯之前邂逅你
我在一本虚幻的书中标注了你
我在一轮月亮到另一轮月亮的间歇
将你视作我所有梦境的入口

——原载《草堂》2017年10期

一月五日清晨

我站在红岩街的正中
所期望的都没有发生
风中清瘦的公交站台
木凳上清理露珠的买菜女人
失眠早起的建筑工地
绿色围栏内逐渐密集的敲击声
被车轮碾压得纤细而弯曲的神经
他们的忧伤靠天吃饭
命运如河中飘动的苇叶
雪山、沙石、群居的芭蕉
它的源头挤满温柔
恐惧、卑劣、博爱
埋怨、宽容和渺小的幸福
我顺着一辆拖拉机散发的柴油味
路过熟悉的坟墓和寺庙
当能证明你存在的一切正逐步瓦解
你只能求上帝摸摸你的头

而你还得祈祷身体不要出现任何
可能致使你无法感知抚摸的问题

——原载《诗潮》2019年7期

初雪十四行

二十八日，初雪
竹枝质押在铁栏内
我漫步在干冷的云盘中路
龙爪槐伏在灯影里
不需要刻意地翻阅回忆
当一片银杏叶遮住我
探向自己清浅的眼睛
一块红布正被时间风干
干涸的沙漠头顶幻映
指针慵懒而拙劣的三年
在你的内部行走的同时
也不断地自行销毁痕迹
夜晚从脚底升起之时
每片雪花都将被亲吻

——原载《诗潮》2019年7期

野马行纪

野马也，尘埃也，生物之以息相吹也！

——庄子

将一个橘子尝出尘土的味道
习惯于意象的重叠和香味的泛滥
苦和涩是穿草裙的原始状态
再进一步就是打满粉底的外表下
装着一个具有暴露天性的灵魂
将所有人都搬上牌桌并放出射线
在另一个星球上你盛开于左右不定
又在凡·高的星空里成为白色小点
你一生经历的都是旧事物
你成为博物馆里活着的藏品
被经历和遗忘的过程大同小异
投身耕种和制造
又被自己吐出的词语捆绑
专注于掠夺　成为一颗子弹

被历史瞄到十万八千里之外
你酗酒、失眠　爱慕鸡犬
把生活过得皱巴巴
巨型古木的顶上你统领一切
又在颤颤巍巍中面若枯木

——原载《剑南文学》2017年3期

单人旁

同样的光
照过多年前的李白们
而今打在我的脸上
疼痛是相同的
虚无是我桌前的半截粉笔
是夹在书中的残叶
是纸上未完成的单人旁
单人旁伫立成一面铜镜
谁会揣着它蹚过一生
谁会赤裸着坐在旁边
谁会带着半个自己走进夜色深处

——原载《星星》2017年7期

草食动物

——给卡夫卡的瘦妹妹C

混着江水横穿而过的

灰尘里扒出的暗淡的星光

被哀歌滋养的咖啡树

2017年10月27日

过去的都是过不去的

月光在原野中央凝结
露珠悲伤地坐在车前子上
望着眼前的安昌河
就好像真的有那么多怜悯流淌
我从不愿意把自己抽离生活
却始终找不到与自己和解的正确姿势
也许闪电更适合我
在虚无中诞生，又诞生
我不停地在生长和死亡
黑夜降临一次我就爱过一次
我的爱人在清冽的月光里
静又静地把长发瀑散在对岸青石上
我小心地撑着竹筏，竭力横渡大河
可是啊
季节使得我的爱人在风中消匿
只留下一颗耐苦的青石

春天的可能

春天有很多种可能　爱情、忧郁　或者其他
有时候春天特别像树在某些时候的心情
别致的念想在冬天的冰雪之下悄悄地抽芽
然后趁着厚厚的棉袄尚未脱下，许个愿望
我想在去年死亡过一次，然后在这里新生
冬天过去，一切都在继续又或者早已中断

在春天有一个女孩悄悄告诉我她的爱情
我告诉她每一个阴影都是在阳光下诞生的
春天告诉我每段爱情都在生前身后栽种幻想
柳叶抽出新芽是谁的爱情之树在重生
抑或是谁在冬天之水的滋润下得到了爱情
便注定在黄昏之后失去原本的单纯的可能

在春天有爱情发生，也有蓝色的花蕾
是谁在白日里种下这忧伤的夜玫瑰
一朵只要太阳离去便会盛开的忧郁

可能是春天，可能不是。可能是爱情或其他
反反复复的忧伤，好像太阳再不会回来了

夜晚是有氛围的，蓝色的，黄色的，黑色的夜
不同的时间与地点都剥离出不同的情绪
也许只有在轻柔的春天的夜里，泪水才能进化
我与我在河面相识，我一人在结冰的河面饮酒
酒瓶里升腾起一阵春天、爱情、忧郁或其他

乌托邦之恋

夜色在我脸上漾着温柔
猜想水一般的你定已安睡
献诗，真像《吉檀伽利》
圣经说：神的话语真好
我一定在某夜遇见过你
只是相互凝视却不问候
在我幸福的瞬间悄然离去

有关春天的某事

生活的温度正逐渐降低
与现实相反，我们没有爱情
有的只是寂寞中流过的影子
我们安静地走着，彼此致敬
互不相干的两只虫子，或是兽类
只靠着那点燃烧的本能的欲望
相互照耀，自在，逍遥
春天长满了野草，荒凉，甚至有些冷
可即使给我安上一颗纯银的心
即使一辈子抱着这丰润的墓碑
隔着兀自跳出的月亮
这条路却走弯了一次又一次

春天来了

在我比喻的瞬间
河流并没有停止抖动鳞片
时间也没有打住对青女的挑逗
只有巨大的花瓣
轻轻轻轻轻轻地跳舞

散开的星辰

柿子已经熟透
并被全部取食
我的秋天却迟迟未来
就在昨夜，一场霜降似的梦境
让我不得不回想起浩子的那个问句
是“贫穷而富有感染力”的那个女孩吗
那个三角梅一样不时在我的梦中盛开
在初秋的鸟鸣声中渐行渐远
忘记了土豆和粮食是珍爱的小个子
暴雨之后的滨河路
丢失了所有洁净的玉兰花
满地支离破碎的月亮
如同散开的星辰

普里什文之美

在密林中猎取一些情绪

小鸟，鹿，林木，河水……

站得比我还高

它们在猎取我

以缪斯的名义

背影在月光下怀孕

人的一生会有很多种梦幻
比如你在风里挖出一口井
种上爱情的罂粟
人的一生会有很多种孤独
比如子夜的灯泡照亮自己
没日没夜的忧郁带来了什么
给足银两让你生儿育女
奔跑的背影在月光下怀孕
诞下一个个不可复制的梦
安静的天空真像百年孤独
准备好书本和粮食
向着古人的太阳朝拜
夜的眼睑不断眨着，轮回
却从没有一个人，够得上
一个悄无声息的世界
电光一直亮着

空气正变得潮湿

越接近黎明，空气中的湿度越大
这是我长久以来深夜写作的经验
室友的鼾声和窗外的虫鸣时断时续
我长久以来的流浪和纵容
使我的身体和身下的凉席一样浅薄
不断地陷入使我开始惧怕爱情
即使我也曾幻想
把鱼钩甩过窗帘去钓一尾梦中人
但她们都毫无意外地做了别人的情妇
今夜，我除了失眠和回想
还应该有点什么，应该的
神秘的呼唤，我应该记起点什么
或者惦记点什么
单身女性的灵魂，哪怕是肉体也行
但我什么都想不起来，也懒得想起

风的形状是一棵大树

我们谈论天气
向着同一方向作揖
风的形状是一棵大树
略微抖动的树叶
我们的形状是
青草叶两面的卷曲和
拉伸脊背的姿势
树木的感知最为敏锐
岁月带来的所有晕眩都历历在目
以至于无暇感知被切割的疼痛
我没有机器的尖锐声音
将所有的问题都归纳为 水
从爬行或者从天而降都无关紧要
我渴望能灌木一样长成风的形状

公元208年经过赤壁的一滴水

因为渴求，我从银色的刀口——月亮
走下，循着先辈们走出的航道
自高而卑，初离困顿，踏歌而行
回首时，山巅有黄金出没赤壁
我从未刻录过有关记忆哪怕是
前世，从远方来时——那时的我一定很年轻
苗条、轻盈，随着暖热的洋流游学
我今生的起点，黄金只在早晨和傍晚出现，像夜昙
黄金——冰冷——把我固化的元凶
再过赤壁，或许是　再
无数的躯体和旗帜挤压着我
狂躁的妄想症把岩壁升温
谁将是下一个被遗弃的雌性躯体
谁将是下一个葬身鱼腹的雄性灵长类

——原载《西部》2019年2期

夏雨和想你不是一回事

又打雷了，你是否依旧会恐惧
这深夜的狂欢会把你从美丽的梦境中拉出来
还是将带给你清凉的雨水和慰藉
天和地相距很长，比南充到某地的铁轨要长
但是雨水足以连起这未被测量的距离
过去和错误使铁轨成为绝缘体，闪电和爱情
都无法穿越这一切，雨已经很大了
我抱着一本诗集在夜里为你祈祷一个安稳的睡眠
愿你有一个不那么平稳却又充满幸福的未来